Les mercredis d'Agathe

Chloé

Texte de Pakita
Images de J.-P. Chabot

Je m'occupe toute seule

W0343060

RAGEOT • ÉDITEUR

Qu'est-ce que vous faites, vous, le **mercredi** ?

Moi, ça dépend des fois.

Aujourd'hui, j'étais toute **seule** comme une **grande** et ça s'est super bien passé.

Ce matin, c'est le **téléphone** qui m'a réveillée. Maman a décroché.

– **ALLÔ!** Comment ? Je dois venir ? J'avais pris un jour de congé pour être avec ma fille... Bon... C'est d'accord.

J'ai tout de suite compris. **Adieu** maman ! **Adieu** les crêpes !! **Adieu** tout ce que maman m'avait promis !!!

Résultat : quand maman est entrée dans ma chambre, j'étais super en **colère.**

– Tu dois comprendre, Agathe. C'est mon travail !

– C'est toujours **moi** qui dois comprendre ! j'ai répondu. Et c'est toujours **moi** qui me prive de tout.

Maman a soupiré.

– **Moi**, je me prive de **toi** et ce n'est pas facile, crois-moi !

Mais bon. Mamie Lili dit toujours : « Il ne faut pas passer sa vie à se lamenter. » Alors je me suis levée, lavée et habillée.

Une fois prête, j'ai crié :

– Qu'est-ce qu'on fait de moi dans cette maison ?

Et j'ai décroché le **téléphone**.

– **ALLÔ! Zizette ?**

– **ALLÔ! Léonard ?**

– **ALLÔ! Lucas ?**

– **ALLÔ! Mathieu ?**

Jamais vous ne me croirez : aucun de mes copains n'était libre pour m'inviter !

Zizette était chez sa tante.

Léonard à l'hôpital pour ses yoyos dans les oreilles.

Lucas à la ferme sur le tracteur avec son père.

Mathieu était puni à la maison.

Et même mon hamster Bloblotte n'était pas là, je l'avais laissé chez papa.

J'étais **seule au monde.**

– Madame Dupuis vient à la maison ce matin, tu resteras avec elle, a dit maman. Tu pourras même l'**aider.**

Madame Dupuis, c'est notre femme de ménage.

– Mais je ne peux pas l'**aider,** maman ! Madame Dupuis aime **ranger** et moi, j'aime faire du **bazar !**

OUPS ! Maman ressemblait soudain à un **dragon énervé.** De la fumée sortait de ses narines. Il fallait vite trouver une solution.

Je ne sais pas ce qui m'a pris mais voilà ce que j'ai dit :

– Écoute, maman, je suis **grande** alors tu n'as qu'à me faire garder par moi-même.

– Tu veux dire Agathe que tu te sens capable de rester **seule** cet après-midi ?

– Ben oui ! Et si tu ne veux pas t'inquiéter, **téléphone-moi** souvent pour être sûre que je vais bien !

Je croyais que maman ne serait jamais d'accord. Qu'elle me prendrait dans ses bras en pleurant et qu'elle dirait : « Oh non, mon **petit cœur !** C'est impossible ! je t'aime trop ! »

Mais PAS DU TOUT. Elle a dit :

– Fantastique Agathe ! Quelle bonne idée. C'est vrai que tu es **grande.**

Dès que madame Dupuis est arrivée, maman est montée dans sa voiture en m'envoyant des **bisous.**

Je suis allée dans le salon. Je me sentais toute BIZARRE. J'ai voulu regarder la télé mais le bruit de l'aspirateur m'empêchait de l'entendre. J'ai pensé : « Il ne faut pas passer sa vie à se lamenter. » Et je suis allée rejoindre madame Dupuis.

La matinée avec elle a été super. Même si elle aime **nettoyer,** madame Dupuis est très rigolote et elle chante quand elle **range :** LA LA LA LA !

À un moment on a même imaginé qu'on passait toutes les deux à la télé et on s'est servies de la brosse et du tuyau d'aspirateur comme micro !

Puis on est allées dans la cuisine boire un **chocolat chaud** et elle m'a raconté plein d'histoires drôles en vidant le lave-vaisselle.

C'était vraiment sympa. Résultat, quand madame Dupuis est partie ce midi, **OUPS, OUPS, OUPS,** j'ai dû vraiment être **très très grande !** Plus **grande** que ma peur !

Car dès qu'elle a fermé la porte, mon cœur s'est mis à faire BOUM BOUM et mes jambes sont devenues toutes molles. J'ai voulu aller dans la cuisine boire un verre d'eau mais la cuisine était loin, à des milliers de kilomètres ! J'étais toute seule pour de vrai…

Tout à coup, j'ai entendu un bruit **BIZARRE**. **Des voleurs !** Ils avaient dû monter jusqu'à la fenêtre ouverte de ma chambre avec une maxi-échelle... À moins que ce soit un **kidnappeur d'enfants** qui allait m'enfermer dans un donjon ou pire encore, une **horrible sorcière !**

J'allais appeler la police quand madame Dupuis est apparue...

– Coucou Agathe, j'ai oublié mes lunettes. Je n'ai pas sonné pour éviter de te faire peur, j'ai ouvert avec ma clé. Ah, les voilà. Au revoir Agathe.

Et elle est repartie.

Pour me donner du courage, je me suis grondée à voix haute :

– Ça suffit Agathe ! Tu es **grande** donc tu n'as pas peur, un point c'est tout. Non mais…

Je suis allée dans la cuisine chercher le repas que madame Dupuis m'avait préparé, en criant :

– UNE-DEUX, UNE-DEUX !

Mais quand je suis revenue avec mon plateau dans le salon, je me suis sentie toute petite et j'ai salé ma purée avec mes larmes. C'est vraiment dur d'être abandonnée !

Mais bon. Il ne faut pas passer sa vie à se… vous savez quoi.

Puisque j'étais **Seule,** je pouvais faire des choses que maman m'interdit d'habitude comme :

1 – Manger devant la télé.

2 – Lécher ma purée avec ma langue, comme un chien.

3 – Et pour le dessert, je me suis servi trois boules de glace. D'habitude, je n'ai droit qu'à deux boules.

Après le repas, je me suis sentie beaucoup mieux. J'ai éteint la télé et j'ai crié :

– Mademoiselle Agathe, qu'allez-vous faire maintenant ?

Lire ? BOF.

Jouer à ma Wii ? BOF BOF.

Apprendre mes leçons ?

Triple BOF.

Tout à coup, j'ai eu une super idée. Si j'allais visiter un peu la chambre de maman ?

C'est incroyable ! Comme si maman avait entendu ma bonne idée… Car juste au moment où j'entrais dans sa chambre, **DRING DING DILING,** le **téléphone** a sonné.

– Oui, oui, maman. Ne t'inquiète pas… J'ai fait du ménage avec madame Dupuis… Où j'ai mangé ? Dans la cuisine bien sûr. À tout à l'heure. **Bisous, bisous !**

Est-ce qu'être **seule**, ça veut dire qu'on a le droit de faire des bêtises ? C'est la question que je me posais en ouvrant un album photos de maman.

Mais là, surprise ! Sur une vieille photo, un monsieur qui n'était pas papa **embrassait** maman sur la **bouche !** Ça alors, pour une découverte, c'était une découverte.

J'ai failli **téléphoner** à maman pour lui demander une explication, mais je ne pouvais pas lui dire que j'étais en train de fouiller dans ses affaires. Et si j'appelais mamie Lili ? C'est la maman de ma maman alors c'est sûr, elle doit savoir !

– **ALLÔ,** mamie Lili ?

– QUOUOUOUAAAA ?

(Non non, mamie Lili n'est pas une grenouille, elle était juste très étonnée.) Mon Agathe chérie, ta mère t'a laissée toute seule ! Quel dommage que je n'habite pas plus près. Tu ne t'ennuies pas, ma Louloute ?

Mamie se rappelait.

Le monsieur sur la photo était le tout premier amoureux de maman, juste avant papa !

Maman n'avait eu que **deux amoureux.** Ce n'est vraiment pas beaucoup à côté de Coralie dans ma classe qui en a déjà eu au moins **dix !**

– Ma puce, m'a dit mamie Lili, je vais te confier un secret. Va dans la chambre d'amis. Dans le bas de l'armoire, tu trouveras un carton. Dedans, il y a ma **robe de mariée.** Ta maman l'a portée aussi !

Ma journée devenait passionnante, vous ne trouvez pas ?

Soudain j'ai entendu : DRING DING DILING !

– Oui oui, maman, tout va bien ! Ben là, je suis en train de regarder un DVD de dessin animé. Oui, oui, je n'oublie pas de goûter. Ne t'inquiète pas !

C'est BIZARRE, quand on est toute seule, on peut dire n'importe quoi !

J'ai ouvert le carton, il était rempli de papiers très doux. Je les ai ôtés en faisant très attention et là, **WAAOUH !** j'ai vu une **robe** ma-gni-fique avec des vagues de dentelle et des **roses** en tissu. Il y avait aussi une **couronne** de fausses fleurs qui tenaient un petit voile ! **C'était trop trop beau !**

Vite ! J'ai enlevé mon tee-shirt. J'ai mis la **robe** et je suis allée m'admirer devant le miroir de la salle de bains.

La **robe** m'allait presque bien. La **couronne** et le voile aussi.

Mais un visage blanc avec une **robe** et un voile blancs, ça fait trop blanc... alors j'ai décidé de me **maquiller.**

Et zou ! Un **arc-en-ciel** sur mes paupières, du **noir** autour des yeux… Oh oh ! On dirait que j'ai des lunettes ! Et maintenant, du **rouge à lèvres !** J'ai tendu mes lèvres comme maman et j'en ai mis plein sur ma joue.

Ma **robe** était belle mais moi, oh là là ! Bon. Il ne faut pas passer sa vie à se ?… lamenter !

C'est là que j'ai eu une idée ma-gni-fique ! Je me suis transformée en **princesse de l'Ennui.** Pas de la nuit, de l'ennui !

– Aaaah ! Je suis la **princesse de l'Ennui.** Que je m'ennuie dans mon **CHÂTEAU** de l'Ennui, **seule** abandonnée… Y a-t-il un **chevalier** pour me sauver ?

Je me suis promenée partout en parlant à voix haute.

Et dans le salon, j'ai eu une idée fan-tas-ti-que ! Si je le transformais en salle de CHÂTEAU ? J'ai fermé les rideaux, j'ai posé une nappe sur la télé parce que, dans le temps, il n'y avait pas de télé.

J'ai agrandi la table avec les rallonges et j'ai mis les plus beaux verres dessus. Puis j'ai pris les bougeoirs et des bougies pour faire vraiment CHÂTEAU.

Au moment de les allumer, OUPS ! Je me suis rappelé que je n'avais pas le droit de toucher au feu. Je pouvais essayer puisque j'étais seule mais… non. C'était dangereux et je risquais de tout faire brûler.

Alors vite, j'ai branché la cheminée électrique. WOUAH ! Mon super CHÂTEAU !

Assise dans le grand fauteuil, j'ai recommencé à parler à voix haute :

– AAAAH ! Je suis la **princesse de l'Ennui.** Que je m'ennuie dans mon CHÂTEAU de l'Ennui, seule abandonnée... Y a-t-il un **chevalier...**

Cette fois, c'est une idée fan-tas-magnifique que j'ai eue ! J'ai couru jusqu'au dressing.

GLA GLA GLA ! Il faisait noir et j'avais... euh... hum hum... un peu peur.

Pour me donner du courage, j'ai crié :

– S'il y a une **sorcière** ici, qu'elle se montre !

Au secours ! Une **OMBRE GÉANTE** est arrivée sur moi et m'a renversée en arrière.

Je suis tombée sur les chaussures de maman !

CLIC ! Ouf de ouf ! J'ai trouvé le bouton de la lumière et j'ai compris ! Je m'étais cognée dans ce que je cherchais : le mannequin que maman avait rapporté du magasin de papy. Un mannequin que j'allais transformer en **chevalier.** Enfin, si j'arrivais à marcher avec mes hauts talons !

DRING DING DILING !

Oh non ! Maman !

Vite ! J'ai attrapé le mannequin par la taille et là **BOUM BOUM PATATRAS !** On s'est emmêlés dans ma **robe,** mon **chevalier** et moi. Aïe aïe aïe ! Quel bazar !

Mon **chevalier** avait une jambe cassée et moi, oh noooon ! J'avais déchiré la **robe de mariée** de mamie Lili !

– **ALLÔ** maman ?

C'était mamie Lili !

– Ça va bien ma petite chérie ?

– Mamie Lili, c'est horrible ! J'ai fait des bêtises !

Et je lui ai tout raconté.

– Une **princesse de l'Ennui** qui attend son **chevalier ?** J'aurais bien aimé jouer avec toi ! Ne t'inquiète pas pour la **robe,** on la réparera ! m'a rassurée mamie Lili.

J'avais quand même un peu envie de pleurer. J'avais dit que j'étais **grande** mais en vrai, j'étais **petite** et, en plus, je m'étais fait mal en tombant.

Et puis NON, NON et NON. C'est trop facile de pleurer ! Il ne faut pas passer sa vie à se lamenter, alors j'ai décidé de passer à l'action.

Plus de **robe,** plus de voile ! Vive mon tee-shirt et mon caleçon !

Vive le gant et le savon. Plus de **maquillage,** plus de **princesse !**

Urgence ! Tout **ranger.**

J'ai pensé très fort à madame Dupuis. Et zou ! Chambre de maman, salle de bains. En trois minutes, tout était **à sa place.** Le **chevalier** et sa jambe dans le dressing et la **robe** dans son carton.

J'avais à peine fini que j'ai entendu la clé tourner dans la serrure.

– … Mamaaaaaannnnnnn !

– Mon Agathe !

Et maman m'a serrée dans ses bras.

– Je suis rentrée plus tôt que prévu pour passer une longue soirée avec toi. Tu ne t'es pas ennuyée ? Tu as bien fini tes devoirs ?

Que dire à maman ? Que c'est génial d'être toute seule ? BOF. Que j'avais été grande chaque minute ? BOF BOF. Lui mentir ? Triple BOF.

J'allais lui raconter la vraie vérité avec la robe et le chevalier quand elle m'a dit :

– Mamie Lili m'a téléphoné. Tu as été super mon Agathe.

Oh là là ! Il est tard ! Avec maman, on a passé une soirée for-mi-dable !

Elle m'a montré tous ses albums photos. Et, ensemble, on a pris une grande décision. Je resterai à nouveau **seule** mais beaucoup moins longtemps. Ben oui, on ne devient pas **super grande** en un jour.

Allez bonne nuit toutes les **princesses de l'Ennui!** Et tous les **chevaliers** du **CHÂTEAU!** Je me demande ce que je vais faire **mercredi** prochain...

Les mercredis d'Agathe

Je m'occupe toute seule

Vive la chasse au trésor !

Rendez-vous au zoo

Le club des grands inventeurs